Abraham Kuyper

Liberalisten en Joden

Abraham Kuyper

Liberalisten en Joden

Ongewijzigde herdruk van de oorspronkelijke uitgave uit 1878.

1e uitgave 1878 | ISBN: 978-3-38662-275-2

Antigonos Verlag is een imprint van de Outlook Verlagsgesellschaft mbH.

Verlag (Uitgeverij): Outlook Verlag GmbH, Zeilweg 44, 60439 Frankfurt, Deutschland
Vertretungsberechtigt (Gemachtigde): E. Roepke, Zeilweg 44, 60439 Frankfurt, Deutschland
Druck (Drukkerij): Libri Plureos GmbH, Friedensallee 273, 22763 Hamburg, Deutschland

LIBERALISTEN EN JODEN,

DOOR

DR. A. KUYPER.

—

(OVERGEDRUKT UIT DE STANDAARD.)

AMSTERDAM. — J. H. KRUYT.
1878.

Deze artikelen „Liberalisten en Joden" waren opgesteld voor het eenvoudige publiek van *de Standaard* en maken dus geen de minste aanspraak op het wetenschappelijk karakter van een „studie".

Dat ze desniettemin afzonderlijk in het licht komen, vindt dan ook in niets anders zijn oorzaak, dan in de onjuiste, om niet te zeggen door en door valsche, voorstelling, die in sommige grootere dagbladen, maar vooral in de provinciale pers, van den inhoud dezer artikelen gegeven is.

Bijna zonder uitzondering toch heeft men het doen voorkomen, als werd met deze artikelen een beweging op touw gezet, om den haat der Christenen tegen de Joden aan te blazen en te tornen aan hun burgerlijke rechten.

Tegenover zulk een lasterlijke houding der liberalistisch-Joodsche pers lag in afzonderlijke uitgave dezer artikelen het eenige, maar dan ook afdoende, middel tot verweer.

Ook het publiek dat *de Standaard* niet volgt, kan dan nu met eigen oogen beoordeelen, hoe droef het met de waarheidsliefde van menig orgaan der publieke opinie staat.

Immers, uit deze artikelen blijkt: 1o. dat niets door ons tegen de Joden, maar veel tegen de afvallige Christenen gezegd is; 2o. dat de laatdunkende wijze, waarop vele

Christenen zich over den Jood uitlaten, door ons niet verdedigd maar bestreden is; en 3o. eindelijk, dat het ontnemen aan den Jood van iets wat hij aan rechten won, bij ons op onverwinlijken tegenstand zou afstuiten.

Tot een andere verhouding tegenover de Joden bestond voor den schrijver dan ook te minder aanleiding, daar hem het voorrecht te beurt viel, van kindsbeen af, met uitstekende Joodsche familiën in aanraking te komen, wier genegenheid hij genoot, wier veelszins uitmuntende eigenschappen hij leerde waardeeren, en wier welwillendheid te hemwaart al zeer kwalijk zou vergolden zijn, indien hij kwaad sprak bij het publiek van wie hij leerde achten in privaten omgang.

K.

LIBERALISTEN EN JODEN.

I.

Al meer vestigt zich de aandacht der publieke opinie op den ongelooflijken invloed, die heden ten dage op de lotgevallen van Europa wordt uitgeoefend door de Joden.

Men komt van lieverleê tot de ontdekking, dat, onder den mantel van Liberalisme, metterdaad de Joden heer en meester in ons werelddeel zijn geworden, en niet slechts de publieke opinie in de meeste landen, maar ook de internationale betrekkingen tusschen de Kabinetten beheerschen.

De oogen gaan er voor open, dat de gang der Europeesche gebeurtenissen en evenzoo de ontwikkelingsgang van het leven in Kerk en Maatschappij op verrassende wijze zijn verklaring vindt, zoodra men niet langer verzuimt, dezen invloed van het Joodsche element meê in rekening te brengen.

En wat het pijnlijkst is, of men wil of niet, men kan zich, na deugdelijke verkenning van het terrein, hoe smartelijk het ook valle, de waarheid niet verheelen, dat er aan een afdoend terugdringen van dien invloed naar juister evenredigheden voorshands niet te denken valt.

Dat deze gewichtige waarheid nu pas, en niet eer, in uitgebreider kring tot het publieke bewustzijn van onze tijdgenooten doordrong, had zijn natuurlijke oorzaak.

Men wilde aan een nieuwe bestrijding van de Joden niet aan.

Er was toch in vroegere eeuwen door de Christenheid zoo onmeêdogend hard tegen de Joden gezondigd.

De Joden waren eeuwenlang erger dan de pariah's van Europa geweest, en als een soort van landloopers zonder recht of menschenwaarde door volk en overheid als voetwisch misbruikt.

Eerst de Hervorming had hierin wijziging ten goede gebracht en met name aan onze gastvrije regenten komt de eere toe, van voor het eerst den Jood een plek voor het hol van zijn voet te hebben aangeboden, waarop hij met eere als mensch en, ongehinderd in zijn Joodsche eigenaardigheden, zoo in maatschappelijken als kerkelijken zin, positie kon nemen.

Toch bleven de Joden allerwegen in Europa, en zoo ook ten onzent, nog aan exceptioneele bepalingen overeenkomstig hun exceptioneelen toestand gebonden, tot eindelijk eerst de Fransche Revolutie ook dezen slagboom deed wegvallen en den besnedenen met den gedoopten burger op voet van onvoorwaardelijke gelijkheid bracht.

Diep beschaamd over eigen vroegere ongerechtigheid, heeft toen de Christenheid schier in alle landen deze beteekenisvolle vrucht der revolutie als een harer uitnemendste consequentiën toegejuicht. Ze mistte, door de schuld van het verleden, die zedelijke veerkracht tot een onbevangen zelfstandig oordeel, waar alleen een goede consciëntie den man van karakter mede begiftigt. En was daardoor oorzaak dat de algeheele emancipatie der Joden tot stand kwam, niet krachtens de beginselen van het Evangelie, maar op grond van overwegingen die lijnrecht tegen deze beginselen overstaan.

Dit nu dwong natuurlijk tot zóóver meêhollen op het eens ingeslagen pad, als de Liberalisten slechts goedvonden voort te rennen. Zoo werd, bij wijze van terugslag, een zeker dweepen met de Joden, in Europa's beschaafder kringen, gangbare gewoonte. En, naar de wet der logica, die uit elk worteldenkbeeld steeds *al* de kiemen uitdrijft, had dit ons ten laatste in den weêrloozen toestand gebracht, dat elk woord, dat men over de Joden *anders dan met lof* spreken dorst, aanstonds werd uitgekreten als verraad aan de heilige zaak van beschaving en vooruitgang.

Ongemerkt kwamen zoo *boven* de wet te staan die men

eertijds *buiten* de wet had geplaatst; bestond er voor de Jood geen critiek meer, maar slechts praesumtie van uitnemendheid; en kon het Joodsche element zijn woeling even ongestoord als strafteloos voortzetten, veilig achter het ondoordringbaar schild van weleer geleden onrecht.

En wat nog opmerkelijker is, terwijl indiervoege de Joodsche hoogheid over Europa zich van jaar tot jaar onbelemmerd uitbreidde en elk verzet tegen haar streven vooruit verlamd bleek, werkte de geestelijke opwekking onder de Protestantsche Christenen, langs geheel anderen weg, haars ondanks, zeer krachtig tot dezelfde uitkomst mede.

Immers, uit die opwekking vloeide èn een verlevendigd zendingsijver voort, èn een verhoogde belangstelling in „de leer der laatste dingen."

Die zendingsijver nu riep de *Jodenmissie* in het leven, die vooral door de Engelsche, Schotsche en Amerikaansche Christenen met zeer aanzienlijke geldelijke offers gedreven is.

Men zag in, dat den Jood te emancipeeren, zonder hem tevens het Evangelie van Jezus te prediken, half en dies onzedelijk werk zou zijn.

De oude schuld werd ingezien. Het verzuim van vroegere lauwheid wilde men inhalen. En zoo vloeide het goud in de offerbus en deed de Hebreeuwsche letterkast op de drukkerij haar intocht en vormden zich geheele groepen van wakkere en talentvolle mannen, om de oude roepstem: „Bekeert u, want het Koninkrijk der hemelen is nabij gekomen!" weêr onder Israël te doen weêrklinken.

Dit had ten gevolge, dat duizenden er zich aan wenden om over den „armen Jood" nooit dan met deernis en onbeperkt vertrouwen te spreken, en wijl wat uw *geld* krijgt steeds ook uw *liefde* na zich trekt, waren de eindelooze collecten voor de Jodenbekeering het onfeilbare middel om een goedhartigheid, die niets dan goed wil hooren, ten opzichte van al wat maar Jood was in zeer wijden kring te doen postvatten.

En bijna van gelijke strekking was de *eschatologische* richting, die de Christenheid deze laatste decenniën insloeg.

Het voorgevoel, dat er een machtige catastrophe komende is en dat deze catastrophe wel eens saâm kon hangen met de ontzettende gebeurtenissen, door Jezus en zijn

Apostelen ons in het Nieuwe Testament aangekondigd, dreef hier van zelf toe.

Ontegenzeggelijk was deze leer der laatste dingen door de vroegere Kerk, zoo Roomsche als Gereformeerde te vluchtig en oppervlakkig behandeld. Bovendien drong het gemis aan goede en vaste theologie ten opzichte van de fundamenteele leerstukken menig vrijer aangelegden geest, om op dit hooge Alpenland met zijn onvaste omtrekken naar hartelust om te dolen. En wat men vooral niet vergete, voor velen, die, als men op andere stukken kwam, uiteenspatten, was op dit meer zwevende en onvaste terrein een gezamenlijke verkenningstocht zeer wel mogelijk.

Sprak het nu van zelf, dat deze bestudeering van de Eschatologie, dit bezig zijn van den geest met de leer der laatste dingen, niet in zwang kón komen, zonder de geheel eenige beteekenis van Israël als volk weêr tot het bewustzijn van ons geslacht te brengen, dan zal men gevoelen, hoe ook door deze omstandigheid nieuw voedsel werd gegeven aan de gedachten van welwillende óverwaardeering, die sinds lang aan het Joodsche element in ons midden ten goede kwamen.

En voegt men nu bij dit alles ten slotte nog den onberekenbaren invloed, dien een enkel bekeerling als Da Costa door zijn Semitischen gloed op de gezindheid van ons volk jegens de Joden heeft uitgeoefend ; bedenkt men, met wat ander oog men den Jood leerde bezien, sinds men aan zulk een Israëliet zijn luisterend oor en de liefde van zijn hart had geschonken ; ja, brengt men in rekening, hoe het rechtzinnig belijden van dezen gedoopte uit Israël aan geheele groepen onder de Christenheid den moed tot rechtzinnig belijden hergaf, — metterdaad, dan houdt het immers op verwondering te baren, hoe het Joodsche element zich zóó krachtig tegen ons kon organiseeren, zonder dat er in de kringen van het Christelijk Europa iets anders dan wat lieflijk is en wel luidt, van den Jood werd vermoed.

II.

Er bestaat in de geschiedenis geen tweede voorbeeld van zoo machtigen invloed, door zoo kleine groep uitgeoefend, als, in de positie der huidendaagsche Joden, een ieder, die er op letten gaat, in klimmende mate verbaast.

Van de 6 à 7 millioen Joden (10 à 12 volgens anderen), die volgens de beste bronnen op dit oogenblik in de wereld aanwezig zijn, wonen er in Europa slechts even drie en een half, en deze ruim drie millioen zijn dan nog tot in het oneindige verstrooid en verspreid onder een meer dan honderdmaal sterkere bevolking. Omstreeks één procent dus

En dit ééne procent is in dier voege over ons werelddeel verdeeld, dat nog verreweg het grooter deel in landen woont, die geen den minsten invloed op den grooten gang der zaken uitoefenen, t. w. in Polen en Oostenrijk.

In Rusland (Polen) en Oostenrijk alleen toch wonen er van deze even drie millioen Joden ruim twee en een half. Zoodat de eigenlijke kracht ter sociale en politieke overheersching van Europa, nauwkeuriger en beter bezien, nog niet eenmaal door deze drie en een half, maar hoogstens door *één enkel millioen* zonen van deze Semitische natie wordt saâmgebracht.

De meesten van dezen wonen in Pruisen ($\frac{1}{4}$ millioen), Duitschland (200,000) en Frankrijk (110,000), terwijl onder de kleinere Staten ons eigen land het grootste contingent levert.

In Engeland daarentegen en Italië, en zoo ook in Zwitserland en België, is hun procent zoo algeheelijk onbeduidend, dat ze hoogstens één per duizend, of zelfs per drie duizend, tot het totaal der bevolking bijdragen.

En toch, deze tot verdwijnens toe schier onmerkbare groep geeft ontegenzeggelijk in Europa den toon; is meester van het politieke terrein; beheerscht de ontwikkeling der algemeene begrippen; en heeft het lot van Europa in haar hand.

Men herinnert zich nog wel het verhaal, dat voor korte jaren bij ons de rondte deed.

Er was een vreemdeling ten onzent bemoeilijkt, die recht zocht. Hij vroeg naar een advocaat en de hôtelhouder gaf hem het adres van een Jood. Deze zond hem naar een procureur, en ook de procureur was een Jood. Door tusschenkomst van dezen weêr met den Officier van Justitie in aanraking gebracht, stond hij nogmaals voor een Jood. Bij den president der rechtbank aanschellende, zag hij zich reeds in den corridor door al de kenteekenen van een Joodsch gezin omringd. Toen zich tot een der heeren van het Hof wendende, had hij de eer, nogmaals met een Jood te spreken. En eindelijk .... in Den Haag .... op het ministerieele bureau aankloppend, bracht men hem · eerst naar een Joodschen referendaris — en vond hij zich, ter audiëntie toegelaten, — tegenover den Jood Godefroy, den toenmaligen Minister van Justitie.

Was het wonder, dat de verbaasde vreemdeling, na deze justitieele avonturen, den eerste den beste zijner Hollandsche kennissen vroeg: „of hier geheel de Justitie in de handen van Joden was overgegaan?"

En toch, dit hoogstwaarschijnlijk wel wat overdreven en opgesmukt feit is in den grond niets dan het welgelijkende beeld van een verontrustende werkelijkheid, die nog minder in het bekleeden van ambten, maar vooral in *de pers* en op *de beurs* eenvoudig niet te loochenen valt.

De pers in geheel Europa is, voor zoover ze dienaresse der Revolutie, 't zij in liberalistische of in conservatieve richting, is, de privatieve jacht van de Joden geworden. Te Weenen evengoed als te Berlijn, zoo te Frankfort als te Hamburg, evengoed te Keulen als te Parijs, zijn de invloedrijkste bladen in hun handen. En wat ons eigen land betreft, behoeft men slechts de geschiedenis van onze grootste bladen, het *Dagblad* incluis, na te gaan, om zich te vergewissen, dat ook ten onzent de pers alleen door Joodsche energie de vlucht nam, waarmeê ze thans werkt.

En niet alleen dat de redacties dezer bladen, hier en buitenaf, meest onder direct Joodsche leiding stonden, maar ook het corps reporters, de correspondentiebureaux, politieke correspondentiën enz. zijn, voor wat deze invloedrijke pers aangaat, bijna uitsluitend in Joodsche handen.

In bijna alle parlementen van Europa zijn zij het, die de woorden der sprekers opvangen; het beeld der Kamers in photographie brengen; en met vlugge hand door hun critiek den indruk vormen, die naar hún begeeren het gesprokene in het land zal maken.

Houdt men nu in het oog, dat de Joden door de beschikking over dit machtige voertuig ook het terrein der publicatie, meédeeling van feiten enz. eenmaal derwijs inhebben, dat aan concurrentie nauwlijks te denken valt, dan zal men zich, zonder veel moeite, althans eenigermate een denkbeeld kunnen vormen van wat het zegt: de groote pers van Europa als monopolie in hun handen te zien!

Hierdoor toch hebben zij het in hun macht, al wat er gebeurt en omgaat in het door hen gewenschte licht te plaatsen. Te verzwijgen wat hun niet aanstaat of op te hemelen wat in hun kraam te pas komt. Kortom, zoo rusteloos met licht en schaduw spelen tot het *ensemble* steeds een voor hen bevredigenden indruk achterlaat.

Zoo kon men, om een voorbeeld te noemen, in de tweede helft van Augustus in alle buitenlandsche bladen een breed verhaal lezen „van het meesterlijk rapport van den Minister Kappeyne hier te lande, die op onovertreffelijke wijze aan alle tegenspraak der „Mucker" en „Rückschrittler" onweêrlegbaar een einde had gemaakt", terwijl omgekeerd van het resultaat onzer petitie eenvoudig werd gezwegen.

Nu weet ieder ten onzent, ook in liberalistische kringen, uitnemend wel, dat zelden petitie zoo verrassend slaagde als ons Smeekschrift; en omgekeerd zelden een officieel Staatsstuk zoo tegenviel als Kappeyne's rapport. Maar natuurlijk, de Joodsche correspondenten hier te lande wisten dat met hun gedienstige verven en gedweeë penseelen wel andersom op het doek te brengen, en nu maakt heel Europa zich een voorstelling van het hier gebeurde, niet naar de werkelijkheid, maar naar de fantasie van deze fantasierijke reporters.

En ditmaal gold het nu nog slechts een voorbijgaande gebeurtenis in een klein landeke. Maar datzelfde systeem van vervalsching der feiten en der publieke opinie is b. v. ook stelselmatig doorgezet in de beschouwingen dezer pers over de jongste gebeurtenissen in het Oosten, met name ten laste van Rusland.

Zoo werkt deze goed gedisciplineerde, nauw aaneengesloten phalanx dag aan dag op de publieke opinie; door haar op de parlementen; en door de verslagen van deze weder op de Kabinetten, en in dier voege op de lotgevallen van heel Europa.

Waar dan nog bij komt, dat de Joden door het voertuig dezer machtige pers tevens voor duizenden bij duizenden het eenige intellecueele brood bereiden, dat ze nuttigen en in al die kringen, waar een courant ál de lectuur is, tevens de vorming der algemeene begrippen in hun macht hebben en dus ook in geestelijk opzicht 's menschen hart en hoofd in den door hen gewilden zin bewerken.

En nu paart zich aan dezen onmetelijken invloed der Joodsche pers dan nog de fabelachtige kapitaalmacht, waarmede de Joodsche Bankiershuizen de eerste rol spelen op de Europeesche *beurzen*.

De naam der Rothschilden behoeft slechts genoemd, om de portée van dit tweede machtige feit voor een iegelijk die doordenkt, helder te doen uitkomen.

Want immers, in de handen van deze en andere groote Joodsche bankiershuizen zijn èn te Londen èn te Parijs èn te Frankfort èn te Weenen èn te Berlijn, de millioenen en milliarden van het Europeesche kapitaal op zoo raadselachtige wijze vastgelegd, dat deze enkele Joodsche firma's met hun breeden nasleep en aanhang van alsoortige kleinere banken en kantoren, letterlijk den goudboom in hun lustwarande wisten te teelen, waarvan ze zooveel schudden als hun maar gelieft.

Althans dit staat vast, dat geen groote leening in Europa meer tot stand kan komen, als de Joodsche bankiers er zich tegen zetten, en evenzoo dat zij steeds geldmacht te over hebben, om op elke groote beurs van Europa den geldmeter te doen rijzen of te doen dalen, naar het hun goeddunkt.

Weet men nu, dat oorlogvoeren zonder leenen uit heeft, dan valt het toch niet moeilijk in te zien, op wat schier slaafsche wijze de Kabinetten van Europa deze Joodsche bankiers naar de oogen moeten zien, om in de ure des gevaars niet met hun doodelijk verdict te worden getroffen.

En ook, kan men niet ontkennen dat door de liberalistische uitzetting der Staatsuitgaven en het komend Caesarisme, alle budgetten van Europa in de war zijn geraakt, dan kan men zich tevens een denkbeeld vormen van de pressie, die desverlangd door deze Joodsche bankiers op de raadslagen der Vorsten en Ministerraden wordt uitgeoefend, met het oog op een te duchten deficit of een dreigend bankroet.

En is door deze beide factoren de invloed der Joden reeds bijna alvermogend, nog op tastbare wijze wordt die versterkt zoo door de talenten van hun corypheën als door den terugval in het Heidendom van een deel der Christenheid.

Over beide spreken we in een volgend artikel. Maar wat het eerste betreft, zij nu reeds herinnerd, dat uit de Joodsche familiën naar verhouding een zeer groot procent voorkomt van werkelijk knappe, talentvolle mannen op elk gebied van wetenschap en kunst. Als advocaten zijn de Joden om het zeerst gezocht. Als artsen komen ze in toenemende mate in trek. Aan onze hoogescholen veroveren ze den éénen katheder na den anderen, en de namen van Disraëli, van Gambetta, van Lasker en zooveel anderen behoeven slechts genoemd, om een denkbeeld te vormen van den vér reikenden invloed, waartoe ze ook op hooger politiek terrein wisten te geraken.

———

III.

We aarzelden geen oogenblik, voor een aanmerkelijk deel den onevenredigen invloed der Joden te verklaren uit hun eigenaardigheden en talenten.

Een Jood is een ander mensch dan een Caucasiër. Dit blijkt reeds uit zijn lichaamsbouw, uit zijn gang, uit de vorming van zijn spraakorganen, uit zijn profiel en uit zijn complexie. En kan men nu den sterken samenhang moeilijk loochenen, die tusschen ziel en lichaam bestaat, dan volgt reeds hieruit, hoe een Jood, ook in zijn gemoedsleven en de wereld van zijn denken, andere gewaarwordingen heeft en anders te werk gaat dan wij.

Uit dit wezenlijk verschil in persoonlijkheid is dan ook het sterk sprekend onderscheid te verklaren, dat een ieder bij den eersten oogopslag tusschen een Jood en een Christen waarneemt, Waarneemt in zijn houding en kleeding. In zijn blik en toon. In zijn behuizing en voeding. In zijn sympathieën en antipathieën. In de keuze van zijn beroep en van zijn vermaken.

Zelfs in levensduur zijn de Joden van de overige Europeërs onderscheiden, en percentsgewijze leveren zij verreweg de grootste bijdrage voor de achterhoede van onze grijsaards en bejaarde vrouwen.

En dit contrast tusschen den Jood en den niet-Jood is zoo weinig slechts een voorbijgaand verschil, dat het, na achttien eeuwen, onder alle volken, nog bijna onverzwakt in zijn oorspronkelijke gestrengheid uitkomt.

Overal en allerwegen is de Jood, naar ziel en lichaam beiden, d. w. z. in geheel zijn persoonlijkheid en levens-verschijning, *Jood gebleven*. In alle landen van Europa sluit de Jood zich nog bij zijn stamverwanten als een bij-zondere kaste aan. En zelfs na het in onbruik raken van vele hunner particularistische gebruiken, zijn de Joden in alle hoeken en uiteinden van ons werelddeel nog steeds in veel strenger zin een natie gebleven, dan eenig Europeesch volk ooit een natie was.

Bij het licht der Openbaring kan dit allerminst be-vreemden.

Dan toch weet men, dat Israëls oorsprong in een won-derbare scheppingsdaad Gods lag 1); dat dit volk op geheel bijzondere wijze tot een eigen volk onder alle volken was afgezonderd; en dat Israëls roeping, wel verre van met Jeru-zalems verwoesting ten einde te zijn geloopen, zal blijven voortduren, tot eens het ontzaglijk drama der natiën en der volken op deze aarde zal zijn afgespeeld 2).

Immers, uit al wat we in de Heilige Schrift van Israël lezen, liet zich met noodwendigheid vooraf reeds profeteeren, wat we nu feitelijk van Israël zien. Met name dat het *a* niet zou zijn uit te roeien; *b* dat het steeds een natie met exceptioneele geestesgaven zou zijn; en *c* dat het, zoolang het zelf den Christus verwierp, steeds bondgenoot der machten zou blijken te zijn, die het Christendom bestrijden. .

Het loochenen van Israëls meerdere uitnemendheid ligt dus allerminst op onzen weg, en er zal dan ook geen woord uit onze artikelen spreken, dat ook maar van verre riekt naar de laatdunkende minachting, waarmeê men, in som-

---

1) Cf. Rom. IV : 19—21.   2) Rom. XI : 25, 26.

mige Duitsche kringen vooral, de Joden, echt Joodsch en al zeer onchristelijk, op alle manier achtervolgt.

Neen, integendeel, Israëls voortbestaan, Israëls uitbreiding in getale, Israëls verspreiding onder en Israëls invloed over de volken, in weerwil van zijn streng vasthouden aan eigen nationale type, is ons een welkom en handtastelijk bewijs te meer voor de waarheid dier geheimzinnige wereld, waarin de Schrift ons om doet wandelen en waarin Israël eens het volk der eero was!

We erkennen dan ook volgaarne, dat proportioneel de Joden nog heden ten dage hooger in intellectueele kracht staan dan de Germaansche en Latijnsche volken.

Niet in dien zin, alsof uit hun midden onze beste en grootste mannen waren voortgekomen. Eer het tegendeel is waar. Mannen van eerste grootte heeft het moderne Jodendom, onder de Joden die Joden bleven, bijna niet opgeleverd, en zelfs Spinoza, dien ze ons zoo gaarne als een denker van den eersten rang opdringen, kon alleen door scheeve voorstelling en kunstmatige opvijzeling van lieverleê tot dien hoogen roem geraken, waarin ons jonger geslacht hem leerde kennen.

Neen, genie van het echte karaat heeft de Jood thans weinig, en wat hem daarom het meest aantrekt, zijn niet de bespiegelende, maar de positieve wetenschappen, waarin niet het genie, maar de vlugge bevatting en de helderheid van geest u den lauwerkrans vlecht.

Maar wat de Joden wel in sterker evenredigheid dan de Christenen bezitten, zijn talenten van den tweeden rang. Er studeeren naar verhouding meer van hun zonen dan van de ónzen, en die zich aan de studie wijden, maken meestal uitstekend carrière. Vooral aan de balie erkent ieder hun meerderheid, waar het op het vindingrijke en geslepene aankomt. Op medisch terrein bekleeden ze in tal van onze eerste steden een hooge en eervolle plaats. En ook waar ge, op minder wetenschappelijk gebied, den Jood den wedloop met één onzer ziet beginnen, moet hem maar al te dikwijls den prijs toegekend worden voor sneller bevatting, taaier volharding en klaarder inzicht. Kortom, waar en op welk terrein de Jood zich ook aanmeldt om met den Christen te concurreeren, laat zich maar zelden de pijnlijke indruk weren, dat zich een *te duchten* mededinger heeft opgedaan.

En toch, zoomin uit deze fijner instrumenteering van hun geest, als uit hun eigenaardige levenswijze, laat zich de onmetelijke invloed, waartoe ze allengs opklommen. op afdoende wijze verklaren, en zelfs de reactie van vroeger doorgestane verdrukking is ter verklaring van dien invloed buiten staat.

Kracht putten ze óók uit dat vroeger lijden zeer zeker.

Nooit kunt ge een deel der bevolking onderdrukken, of ge sterkt er juist die verdrukten door, want gij doet ze lijden, en oefent in dit lijden hun zedelijke kracht. En het mist nooit, of na verloop van tijd begint die meerdere zedelijke kracht ook haar vrucht te dragen in meerder energie, nauwer aaneensluiting en edeler moed.

Dit ziet men thans aan de Roomschen in Duitschland, gelijk het ten deele ook aan de Roomschen ten onzent is waar te nemen, en er is geen enkele reden, waarom deze vaste wet ook ten opzichte van Israël niet door zou gaan.

Maar zelfs al brengen we ook dien factor van Israëls *vroeger lijden* in rekening, daarmeê zijn we er nog niet; en noch in aantal, noch in talent, noch in levensmoed zouden de Joden tegen hun levenstaak opgewassen zijn geweest, indien ze zonder andere hulpmiddelen hun strijd om de overwinning op Europa hadden moeten aanbinden.

Die onloochenbare overwinning danken ze dan ook eer hoofdzakelijk, om niet te zeggen bijna uitsluitend, *aan den afval der Christenheid zelve*, die bij haar terugkeer naar het Heidendom noodwendig ook de *Joodsche phase* weêr doorloopen moest, en, eenmaal bij dát tusschenstation aangekomen, natuurlijk voor haar meerdere had te zwichten.

Aan het levensstation waar de Christus verworpen wordt. maar zekere vage godsvrucht nog tijdelijk in eere blijft, is de Jood op zijn eigen erf en plaats; is de Jood de man van het oogenblik; is de Jood de toongever; en deswege kon het niet anders of in de periode van wat men „de moderne theologie" noemt, *moest* de afvallige Christenheid, haars ondanks en zonder het te bedoelen, wel de Joodsche geestesmeerderheid over zich heerschen laten.

Toen de moderne predikanten zelven *Joden naar den geest* werden, sprak het van zelf, dat hun geest zich voor den geest onzer huidendaagsche Joden had te buigen.

Een *Reform-Jood* en een *Modern Predikant* zijn dan ook, welbezien, slechts twee varianten van eenzelfde geestelijk soort.

IV.

Met wat verbeten woede de Liberalistisch-Joodsche pers tegen u uitvaart, zoodra ge de geheimen harer geboorte van den sluier ontdoet, kan ons publiek ook nu weêr zien uit dit staaltje van ergerlijke polemiek, in de eerste courant van onze hoofdstad: het *Handelsblad*. Wij staan, zoo verledigt zich haar redactie te schrijven:

„Wij staan wellicht aan den vooravond van een „volkspetitionnement" tegen de Joden. Immers, in de *Standaard* van heden komt het eerste gedeelte voor van een opstel, getiteld: *Liberalisten en Joden*, waarin wordt gewezen op „den ongeloofelijken invloed, die heden ten dage op de lotgevallen van Europa wordt uitgeoefend door de Joden." En „wat nog het pijnlijkst is," zegt het blad, „men kan zich, hoe smartelijk het ook valle, de waarheid niet verheelen, dat er aan een afdoend terugdringen van dien invloed naar juister evenredigheden voorshands niet te denken valt."

„De fout is namelijk deze geweest, dat „de algeheele emancipatie der Joden tot stand kwam, niet krachtens de beginselen van het evangelie, maar op grond van overwegingen, die lijnrecht tegen deze beginselen overstonden." Het blad bedoelt natuurlijk de Fransche revolutie. Het beweert, dat, juist door groote reactie tegen de vroegere onderdrukking, de Joden „ongemerkt kwamen boven de wet," zooals zij vroeger „buiten de wet" stonden, en dat dit werd bevorderd door de pogingen en gelden besteed om de Joden te bekeeren tot het Christendom, omdat „wat uw *geld* krijgt, steeds ook uw *liefde* na zich trekt."

„Men weet dat naar *Standaard's* overtuiging ook de openbare school niet op het Evangelie steunt, maar een helsch uitvloeisel is der revolvtie. Nu de aanslag op de openbare school mislukt is, schijnt het dat een kruistocht tegen de Joden, tot afwisseling en opvroolijking, aan de „gemoedsbezwaarden" zal worden aangeboden. In een volgend artikel verwachten wij nu den tekst van een petitionnement, waarin verlangd wordt, dat men „krachtens de beginselen van het Evangelie" den Joden de keus late om òf zich te laten doopen, òf vervallen te worden verklaard van burgerschapsrechten, van onderwijs, van eigendomsrecht, van recht om schulden in te vorderen enz., en zoodoende hun overdreven invloed te verliezen. Wellicht zal *de Standaard* hun op het voetspoor van zijn „Christelijken" medestander, het *Wag. Weekblad*, nog een derde keus laten, namelijk: emigratie naar Palestina.

Die „Christelijke" heeren zijn waarlijk voortreffelijke burgers. Zij doen blijkbaar alles om eensgezindheid en vreedzaamheid in het lieve vaderland, volgens de leer van hun godsdienst, aan te kweeken en te bevorderen!"

Nu weet men dat we tot dusver ons geen woord lieten ontglippen, dat de eere der Joden te na kwam. Ja, eer, integendeel, menig woord ter neder schreven van aanklacht tegen de Christenen en van lof voor de zonen dezer Semietische natie.

En dan toch zulk een polemiek!

Een polemiek, die de eerlijkheid voor goeden prijs verklaart; van boosaardigheid het geduld mist om u uit te laten spreken; en met echt fanatieken nijd zich aan een blad koelt, dat slechts één ongeluk heeft, van namelijk niet tot de Liberalistisch-Joodsche familie te behooren.

Minder om dit booze geschrijf te weêrleggen, dan wel om een bewijs te meer voor de waarheid onzer stelling te leveren, namen we dit edelaardig „genre"-stukje dan ook in onze kolommen op.

Ter weêrlegging zou anders uitnemend dienst kunnen doen een juist ter snede komend citaat, waar de heer Esser ons in zijn *Maranatha* aan hielp.

Het zijn de woorden van een Duitsch Opperrabbijn, die, glorieerend in wat het *Handelsblad* zoekt weg te cijferen, van woorde tot woorde, de waarheid bevestigen komt van wat deze artikelenreeks zoekt te betoogen.

Ze luiden aldus:

„Deze bekrompen en kortzichtige Christenen," zoo sprak de Opperrabbijn, „geven zich moeite, ons hier en daar een ziel te ontrukken, en verheugen zich koninklijk, wanneer zij het gedaan hebben. Zij bemerken echter niet dat wij ook zendingwerk doen, en beter, geschikter en rijker in de gevolgen dan zij, en dat wij op hun eigen gebied het eene terrein vóor en het andere nà veroveren. Nog korten tijd, en al wat waarlijk beschaafd is onder de Christenen heeft Christus niet meer noodig, en kan even goed als wij zonder Christus klaar komen. *De tijd nadert dat de groote meerderheid der Christenen tot ons Godsbegrip, ons Monotheïsme, zal teruggekeerd zijn. De toekomst behoort ons. Wij bekeeren in massa en ongemerkt.*"

Zou nu de redactie van het *Handelsblad* den moed hebben, ook deze woorden aan hare lezers voor te leggen? 1)

---

1) Ze deed dit.

Het mag betwijfeld.

Maar al laat ze dit ook, — wat ze niet zal kunnen laten, is: over een dag of wat onze opinie over de positie der Joden hier te lande over te nemen.

Of althans indien ze ook hierin weigerachtig werd bevonden, zou ze *eo ipso* getoond hebben, alleen door misleiding van haar lezers met eere voor haar publiek te kunnen staan.

In afwachting knoopen we er thans nog slechts deze opmerking aan vast.

Ook hier sleurt de Liberalistisch-Joodsche pers weêr met de haren het *Volkspetitionnement* er bij.

Het wachtwoord schijnt dus reeds gegeven, om op deze volksbeweging dezelfde tactiek toe te passen, als indertijd de *Aprilbeweging* onder den voet heeft gehaald.

Wel een blijk dat dit Volkspetitionnement dezen heeren danig in den weg zit.

En, ons dunkt, meer nog voor ons een wenk, om van dit kostelijk aanbeeld geen dag den voorhamer af te laten.

Zoo er ooit vonken spatten konden, dan is het wel na dit imposant en onvergetelijk nationaal declaratoir.

V.

Onder de Joodsche natie vond en vindt men nog steeds, even als onder elke groep, die door traditie of banden des bloeds wordt saâmgehouden, tweeërlei geesten: kinderen van den ernst en kinderen der dartelheid.

Die ernst kan soms in stroefheid ontaarden en bij afwijking van het goede spoor zelfs een onheiligen karaktertrek aannemen. En omgekeerd kan die dartelheid zich soms uit het zinnelijke in het intellectueele en sociale terugtrekken. Maar ondanks die variatiën blijft de deeling der geesten zich naar denzelfden grondtrek richten, naar gelang men zijn doelwit in *dit* leven stelt, of in het leven *dat komt*.

Sadduceën en Farizeën zijn de namen, waaronder deze geestesrichtingen van oudsher bij de Joden tegenover elkander stonden.

Beiden waren echt Joodsche secten, die deels uit den natuurlijken, deels uit den goddelijken wortel van Israëls volksbestaan hun oorsprong trokken; maar hierin stonden ze scherp tegenover elkander, dat de Farizeër zich aanstelde als zocht hij niets op aarde. maar alles hiernamaals, terwijl de Sadduceër, omgekeerd den schijn aannam, als viel zijn deel uitsluitend in dit leven en als ging wat daarna kwam, hem niet aan.

Gelijk men weet, loochende de Sadduceër de opstanding der dooden, en dus de werkelijkheid van het toekomend leven, en niet oneigenaardig zou men bij tegenstelling evenzoo van den Farizeër kunnen beweren, dat er voor de werkelijkheid van dit aardsche leven geen plaats bleef in zijn dogmatiek.

Hiermeê stond in verband, dat de Sadduceër pelagiaan was en de Farizeër een macht Gods over 's menschen wille beleed. Immers, de man van ernst, ook van den vervalschten ernst, wil gebonden, — de dartele geest van alle banden vrij zijn, en of ge den vrijen wil belijdt of loochent, hangt dus rechtstreeks met uw bezit of uw gemis van levens-ernst saâm.

Terwijl het eindelijk zelfs den oningewijden nauwlijks herinnerd hoeft, dat de Farizeën streng op de voorvaderlijke inzettingen in huis en tempel stonden, terwijl de Sadduceën, tegen deze gebruiken en ritueele zeden zich aankantend, soms zelfs in den tempel ergernis gaven, door hun zich niet storen aan wat was overgeleverd en dies geijkt.

Vat men dit nu wel in het oog, dan herkent men in de *orthodoxe* Joden en de *Reform*-Joden van den tegenwoordigen tijd nog precies dezelfde groepeeringen.

De orthodoxe Jood ook in onze dagen is diep ernstig, al loopt die ernst ook niet in het rechte spoor. Hij lijdt met geduld en wacht met onverstoorbare kalmte de groote catastrophe, die aan de wereld ongelijk en hem gelijk zal geven. En voor dat allesbeheerschend uitzicht offert hij alles op. Tot zelfs zijn geldelijk voordeel.

Streng houdt hij vast aan de leerstellingen, inzettingen en gebruiken der vaderen. Hij heeft niet veel oog voor zijn eigen doen, maar steeds een open oog voor het doen Gods in zijn en anderer leven. En, hoe gastvrij men hem ook bejegene, hij blijft zich een vreemdeling in uw midden gevoelen, onder de natiën verstrooid. maar zonder ooit kind dier natiën te worden.

Heel anders daarentegen vindt ge het bij de *Reform-Joden*.

Bij hen is van een actief, merkbaar Godsbestuur geen sprake meer. Zij zijn eenvoudig *Deïsten*, d. w. z. nog wel belijders van Gods bestaan, ja, maar om voorts buiten God te rekenen. Vandaar hun sterk en overdreven pelagianisme. *Zij* zijn het die zelven alles doen. en die het doen omdat het zoo hun vrije wil is, en nooit anders dan krachtens dien vrijen wil redeneeren willen. Voor een volgend leven hebben ze dan ook schier geen oog. Veeleer gaan ze op in de wereld, zoeken ze in die wereld vooruit te komen, in die wereld eer te behalen, van die wereld te genieten. Aan hun voorvaderlijke gebruiken storen ze zich zoo weinig mogelijk, en soms is er zelfs een valsche eerzucht bij hen. om zoo weinig mogelijk te laten merken, dat ze Joden zijn. Ze bouwen nog hun synagoge, maar meer om er schoone muziek en een schoone rede te hooren, dan om er ingewijd te worden in de mysteriën hunner vaderen. Kortom, ze zetten slechts in verscherpten vorm het oude streven der Sadduceën voort, en gelijk nu de Sadduceën zich uitnemend voegen konden in de vreemde overheersching der Romeinen, zoo schikken zij zich ook met zeldzame „behagelijkheid" in het leven te midden der *Goïim*.

Slechts in twee punten blijven de orthodoxe Joden en de Reform-Joden onafscheidelijk één ; in hun besef van aanhoorigheid tot éénzelfde natie en in hun schelle of stille vijandschap tegen Jezus als Messias.

Het eerste is openbaar.

Orthodoxe Joden en Reform-Joden blijven zich duurzaam vermaagschappen. Ook de Reform-Joden zoeken een plaats der ruste voor hun afgestorvenen op de begraafplaatsen met het Hebreeuwsche opschrift. Wat ze ook prijsgaven, ze sluiten op Sabbath. Hoe ver ze ook afweken, ze blijven leden der synagoge of richten een eigen synagoge op. Wordt een Jood geëerd dan zijn ze in hun schik. Overkomt een Jood iets droefs, dan voelen ze hier zelf leed van. En waar het op milddadigheid voor armen aankomt, rekenen ze nog wel ter dege in de eerste plaats met het verschil tusschen Caucasisch en Semitisch bloed.

Wel weten we, dat vooral in Amerika, in Engeland, en ten deele ook in Frankrijk, de voorbeelden niet zeldzaam zijn van Joden, die in het „pêle-mêle” huwen geen been zien; braken met de synagoog; en er in groeien als het hun lukt voor Christenen door te gaan. Maar deze exceptie strekt eer om wat we zeiden te bevestigen, dan omver te stooten. In de massa genomen, blijven de orthodoxe en reform-Joden in nationalen zin één.

Het baat dan ook niets ter wereld of men voor deze nationale eenheid al de eenheid van het kerkgenootschap in plaats heeft zoeken te schuiven. Het verschil tusschen Joden en niet-Joden is van heel andere natuur dan het verschil tusschen Lutherschen en Remonstranten, en slechts de oppervlakkigheid, waar onze eeuw lust aan heeft, kan er op leugenachtige wijze toe geraken, om het spreken van „de natie,” (der Joden eeretitel, dat zij *de* natie bij uitnemendheid zijn), in onbruik te doen komen, en ze naast Lutherschen en Remonstranten te doen plaats nemen, „alsook een kerkgenootschap apart.”

Het tweede: hun schelle of stille vijandschap tegen Jezus als Messias, eischt nog minder lang betoog.

De feiten spreken.

Tegen Jezus als Rabbi van Nazareth hebben ze niets. Dat spreekt van zelf. Kan men goedvinden, voor Jezus een plaats onder de rabbijnen te vragen, wat zou hun dan beletten, ook de glorie van dezen grooten naam voor de glorie van hun volk te aanvaarden, en de uitnemendheid te erkennen der zedespreuken, die uit den rabbinistischen schat door dezen rabbi zijn te voorschijn gebracht.

Daar kan de orthodoxe Jood nog tegen opkomen, omdat deze rabbi van Nazareth zich ook tegen de „overlevering” had aangekant, maar stellig nooit de reform-Jood, die in dit protest tegen de traditiën veeleer Jezus' partij kiest en voorts liggen laat uit zijn woord wat hem niet gevalt.

Verwonder er u dus nooit over, indien ge uit Jodenpen of van Jodenlippen de verzekering hoort, dat de rabbi van Nazareth, gelijk de moderne Theologie die in portret bracht, verre van hen af te stooten, veeleer hun roem is en hun liefde heeft. Ze zijn daarin volkomen oprecht. Indien gij, o, gedoopte in den Naam des Heeren, den Christus in uw Jezus wilt prijsgeven, dan is tot dien prijs, o, gewisselijk, de toejuiching der Reform-Joden voor uw Jezus u vooraf verzekerd.

Maar doet ge dat niet; komt ge met den wezenlijken Jezus; met Jezus als „Zoon van God;" als den beloofde der vaderen; als Christus, d. w. z. als *Messias*; als dien Messias dien hun vaderen aan het kruis hebben gehangen en gedood. — o, weest er dan zeker en gewis van, dat „orthodox" of „reform" vergeten is, en nogmaals Farizeër en Sadduceër één zullen blijken, in afkeer van wat gij belijdt.

En dat dit zoo is, zie dat eens aan de verscheuring der ziel, waaraan een Joodsch vader of moeder ten prooi wordt, indien een hunner kinderen zich doopen laat; meet dat eens af naar de niets-sparende onverzettelijkheid, waarmeê ze zich aankanten tegen gemengde huwelijken; beoordeel dat eens naar de blikken waarmeê een bekeerde Jood wordt nagekeken, indien hij zijne schreden door het Jodenkwartier durft richten; ja, vraag dat eens aan de Engelsche en Schotsche missionarissen, die zich met het „Bekeert u!" op de lippen, onder de zonen en dochteren van dit interessante volk wagen dorsten.

Men herinnert zich den kleinen Joodschen knaap, die te Amsterdam de Christenkerk in-, de trap van den preekstoel opsloop, en met ontblooten dolk in de hand, op den uitnemenden Schwartz aanviel om hem te vermoorden.

Welnu, zoo min als Hödel's misdrijf een misdrijf der socialisten was, evenmin denken wij er aan, voor dezen aanslag op het leven van Dr. Schwartz de Joodsche natie *als zoodanig* aansprakelijk te stellen. Maar zóóveel zal toch zelfs de ijverigste Jodenvriend ons wel moeten toegeven: indien uitsluitend . gedachten des vredes in de huizen van Israëls zonen rondwaarden, zou toch dit droeve feit nooit zijn gebeurd!

Verre van aan de Joden in ons midden deze antipathie euvel te duiden, erkennen we dan ook van heeler harte, dat het innemen van een andere positie, tenzij ze tot bekeering komen, voor hen een volstrekte *onmogelijkheid* is.

Van de komst van dien Christus in de wereld af dagteekent hun politieke en sociale en hierarchische ondergang als souvereine natie. De belijdenis van dien Christus is nog de volstrekte ontkenning van al hun pretentiën. En de volgelingen van dien Christus hebben, door ontrouw aan eigen beginsel, maar al te lang, door druk en door vervolging, deze toch reeds zoo krasse tegenstelling eer nog verscherpt dan verzwakt.

Het was dus noodzakelijk, dat het kwam tot datgene, waartoe het dan ook gekomen is, t. w.: *a.* dat de Joden met uitbundige blijdschap kennis zouden nemen van den grooten afval van den Christus, waartoe de Christenheid in alle landen van Europa, onder tal van vormen en namen, gekomen is, en *b.* dat ze, met deze afgevallen Christenen in bond getreden, zich inspannen zouden tot het uiterste, om wat nog niet van den Christus afviel, machteloos te houden en al vast de geheele ontwijding en ontkerstening door te drijven van het *publieke terrein.*

VI.

De afgevallen Christenen glijden af langs een hellend vlak, dat met logische noodwendigheid hen steeds verder ontzinken doet aan wat eens hunner vaderen roem en hope was.

Ze zijn *apostaten*, met al de lichtzinnigheid en zelfverheffing die een apostaat pleegt te kenmerken. Of, wil men, *renegaten*, met al de bitterheid jegens wie eertijds hun broederen waren, gelijk het blad der historie u die in elken renegaat doet zien.

Maar bij dien afval glijden ze niet op eens tot op den bodem.

Ze doorloopen bij dien afval *stadiën.*

Eerst behouden ze nog geheel het kader van hun voorvaderlijk geloof, slechts met uitsnijding van het pit der hoogheilige mysteriën. Dan zetten ze het ontledingsproces voort tot op de oorkonden die gezag hadden. Vandaar sluipt het verderf der negatie tot aan den hoogheiligen Persoon des Verlossers. En zoo eerst, van lieverlee, landen ze aan bij dat algemeene Godsgeloof, dat, vrij van elk gezag, zich richt naar ieders goedvinden.

Dan is het *Station der Joden* bereikt. D. w. z.: dan zijn ze zóóveel teruggezonken en afgegleden, als de afstand uitmaakt, die het proces bedroeg, waardoor uit het Jodendom, in zijn verbasterden vorm, zich, onder Gods inwerking, het Christendom ontwikkelde. Zo belijden dan nog wel den levenden God in geestelijken zin, maar zonder Hem te kennen bij het licht, door Hem zelf ontstoken, en wandelen voort in den waan hunner vroomheid, edoch naar het goeddunken van hun eigen hart.

Op dat standpunt kwam de negatie van het Christendom ten onzent omtrent 1848 aan.

Niet zoozeer in de kerk, noch in de theologische gehoorzaal, maar in de toongevende kringen op sociaal, letterkundig en politiek gebied.

De tijd waaruit onze Grondwet dagteekent, is nog niet de periode der volstrekte goddeloosheid, noch ook die der verafgoding van het menschelijke, maar die van het *algemeene Godsgeloof, uitgelegd naar ieders goedvinden.*

Vandaar de vage uitdrukkingen desaangaande in onze Grondwet. Vandaar de theorie van het „Christendom boven geloofsverdeeldheid.'' Vandaar eindelijk het noodlottig huwelijk, dat dra te volgen bleek tusschen de moderne theologie en het politiek liberalisme.

Van dit huwelijk was het modernisme in onze Kerken de vrucht, en het later vluchten van menig modern predikant naar een Liberalistisch-Joodsch redactiebureau was, welbezien, slechts de belichaming van de allesbeheerschende gedachte, dat de afgevallen Christenheid voor een wijle haar toevlucht had genomen in de tenten van Israël.

Toch blijft het daarbij natuurlijk niet.

Beneden het *Christendom* staat het *Jodendom.* Daar komt men bij zijn afval dus *het eerst* terecht. Maar ook beneden het Jodendom staat weer het *Heidendom.* Beneden de Heidensche *afgoderij* de heidensche *toovenarij.* En eindelijk beneden deze allen de wulpsche dienst der zinnelijkheid en de *bestialiteit.*

Reeds nu ontwaart men dan ook, hoe de „esprits forts'', de sterkere geesten, de Joodsche phase reeds weer achter zich hebben; van geen moderne theologie (deze zeldzaam vluchtige *fata morgana*) meer hooren willen; en reeds hun tente opslaan op *Paganistisch terrein.*

Hoe nu op Paganistisch terrein beurtelings het *intellect;* dan weer de *verbeelding;* een ander maal de *natuur;* en weer een andere reis het *kunstschoon* wordt vereerd; of ook de mensch zelf, in zijn genie tot voorwerp van afgodisch eerbetoon wordt gekozen, kan in dit kort bestek niet uiteengezet.

Ook dit gaat naar vaste wetten, en de heer De la Saussaye Jr. zou dan ook wel zoo pikant, zeker wetenschappelijker, en allicht interessanter geöreerd hebben, indien hij uit de geschiedenis der heidensche afgoderijen niet ten deele de kennis van het Christendom had zoeken te putten, maar, omgekeerd, daaruit den weg had aangewezen, dien de groote afval van het Christendom ook nu weer doorloopen moet, zoodra hij eenmaal de Joodsche phase zal voorbij zijn.

Hoe tegelijk met dit Paganisme ook de toovenarijen en doodenbezweringen van het oude Heidendom weer staan terug te keeren, blijkt nu reeds uit tafel-, dans- en klopgeesten en de zeer wezenlijke verschijnselen van het Spiritisme.

En dat er zijn, die door den geest uit den afgrond reeds ook over dát stadium naar dat der volstrekte bestialiteit zijn heengetrokken, is helaas! niet slechts meer in de hoeken der schandelijkheden, maar reeds in de boeken van gevierde auteurs waarneembaar. Althans zooveel dient, tot onze onbeschrijflijke schande, nu reeds geconstateerd, dat ook in ons land nu reeds boeken van kwansuis wetenschappelijke mannen rondloopen, waarin de gruwelen van den Astartedienst en de goddeloosheden der oude Kanaänitische volken als prijzenswaarde natuurmoraal en natuurdienst geleeraard worden.

We hebben er dus zeer wel een open oog voor, dat deze triomf van den Joodschen geest slechts tijdelijk is.

Eenmaal aan den Christus ontzonken, moeten natiën, die zijn zegen eenmaal indronken, oneindig dieper wegzinken dan Israël, dat in zijn tegenwoordige verschijning den zegen van dien Christus nooit heeft gekend.

Dan staat het wellicht nog te gebeuren, dat de Joden, als groep der ernstiger lieden het geestelijk monotheïsme handhaven zullen tegenover de natuur- en menschenvergoding der Christelijke apostaten.

Lang zelfs gelooven we niet dat de Joodsche phase van den afval duren zal.

Reeds is ze bezig te verloopen, en met de teekenen van afgeleefdheid, die het Liberalisme al meer vertoont, is ook deze oppermachtige Joodsche invloed op weg naar zijn einde.

Maar voor het oogenblik, — en daarvan wenschen we dat men zich diep doordringe, — is die invloed nog metterdaad overheerschend en kan die met de partij-tyrannie van het Liberalisme worden vereenzelvigd.

Niet alsof alle Joden hoofd voor hoofd op die doolpaden meezwierven. Eer integendeel dient erkend, dat er ook onder hen fiere en onafhankelijke geesten zijn, die weigeren zich door het Liberalisme te laten blinddoeken, en nu reeds uitnemend doorzien, dat het Liberalisme straks ook hen achter zich laat, om het moderne Heidendom in de armen te snellen:

Exceptiën zijn er dus alleszins. Doch let men nu niet op wat uitzondering, maar op wat regel is, dan dient het feit voortaan aan niemands aandacht te ontglippen, dat het Liberalisme van den hoofdschedel tot de voetzool met den Joodschen geest overdropen is, en dat onze afgevallen Christenen in euvelen zin een soort van „Proselyten der deure" vormen in de voorportalen van Israëls Synagoog.

VII.

Aan het einde van onze artikelenreeks gekomen, vatten we de slotsommen van het voorafgaand betoog saâm in deze vier conclusiën :

1. *Het gevaar van het oogenblik ligt niet daarin, dat de Joden het Liberalisme troetelen, maar veel meer hierin, dat onze Liberalisten door en door verjoodscht zijn.*

Van meet af (van achteren zal dit niemand ontkennen, ook al schoot aanvankelijk de wijsheid der gepassioneerde redactiën van *Handelsblad, Dagblad* en *tutti quanti* in haar voorbarigheid te kort) van meet af werd de pijl in deze artikelen gericht, niet op het Jodendom, maar op het *Liberalisme*. Wat we onzen lezers duidelijk wilden maken en op het hart binden, was niet, dat ze in den Jood toch vooral een gevaarlijk Liberalist zouden zien, maar dat ze in den Liberalist toch den *verkapten Jood* zouden ontdekken. Of, wil men, dat ons publiek, naar het bekende getuigenis van dien Opperrabijn, er toch de oogen voor zou openen, „dat de Joden in massa do Christenen bekeerd hebben," om af te vallen vau den Zone Gods, en dat alzoo de Jodenbevolking hier te lande welhaast *een millioen* sterk is, bestaande uit 70,000 Semitische *plus* 900,000 Caucasische Joden, in af komst verschillend, maar, èn in geestelijk belijden, èn in hun af keer van den Christus Gods, één.

Het feit dat Godefroy, de Joodsche afgevaardigde, ook nu weer de theologische rol heeft waargenomen, toen er van Liberalistische zij over het geestelijk karakter der onderwijswet moest geredekaveld, stelde nog onlangs dit hoogst opmerkelijke feit in zeer helder licht.

Wel zou men hiertegen kunnen aanvoeren, dat Gladstone en zijn volgelingen in Engeland openlijk tegen de Joden zijn opgetreden, maar, van naderbij bezien, is ook dit slechts bewijs te meer voor onze stelling.

Immers, de door en door leugenachtige gewoonte, die vroeger hier te lande bestond, om de Engelsche Liberalen voor geestverwanten van onze Liberalistische côterie te doen doorgaan, wordt thans vau alle kanten opgegeven.

Reeds de houding der Engelsche Liberalen bij de behandeling der onderwijswet gaf aan die onhoudbare opinie een voelbare knak; en toen nu Gladstone den moed had, bovendien nog tegen de Turken te ageeren, wier partij schier geheel de Europeesch-Joodsche pers koos, toen begon allengs de klove, die tusschen onze Liberalisten en Engelands Liberalen gaapt, zóó voor ieder zichtbaar te worden, dat zelfs het *Nieuws v. d. Day* er een artikeltje over schreef, om toch tegen het op één lijn stellen van beiden te waarschuwen.

Ook onze lezers zijn dan nu ook genoeg op de hoogte, om uitnemend goed te weten, dat juist het antirevolutionaire element, dat het Christenvolk van Groot-Brittanje en vooral het door en door Puriteinsche Schotland, de kern uitmaken van de Gladstone'sche partij. Eu houdt men dit in het oog, dan is het feit dat Gladstone, Froude en vooral Goldwin Smith met klem en kracht de kreet van „*no Jewry!*" ook in den lande van overzee dorsten aanheffen, wel verre van met ons betoog in strijd te zijn, ons veeleer het wel-

kom bewijs, dat de Jodenquaestie ook mannen van indruk-
wekkender naam heeft verontrust.

*2. De Joden vormen, ondanks hun pogingen tot refor-
matie en hun onderling verschil van godsdienstige zienswijze,
een goed gesloten phalanx, die door haar geestelijken invloed op het Liberalisme, aan het streven dezer côterie een
fanatiek, zeer bepaald den Christus vijandig, karakter leent.*

Gedeeld zijn de Joden. Ge vindt onder hen een orthodoxe groep, die nog aan Thora, Talmud en Minhag vast-
houdt. Een groep Reform-Joden, die alleen het geestelijk
pit dezer overleveringen eert. En eindelijk een groep Li-
bertijnen, die zich aan niets meer stoort.

Maar hoe sterk de Joden, des ondanks, hun aanhoorigheid tot eenzelfde nationale existentie gevoelen, blijkt èn
uit wat we in hun huwelijken en armverzorging dagelijks
voor oogen zien, èn o. a. niet minder sterk uit de geheime
orden, die, zoo als de *B'nai B'rith*, de strekking hebben,
om in den trant der *Vrijmetselaarsloges*, onder het zegel
van stipte geheimhouding, al wat maar Jood van oorsprong
is door strikte discipline in deugdelijk organisch verband te
zetten, vooruit te helpen en te beschermen.

Uitteraard is zulk een keurcorps in de als zandkorrels
aaneenhangende côterie van het Liberalisme een macht, die
op het karakter van haar streven invloed oefent.

Niet echter alsof die invloed duurzaam kon zijn.

Integendaal, het Liberalisme is *tegen* God, het Jodendom
niet tegen God maar alleen *tegen den Christus* gekant. De
diepste gedachte van het Liberalisme is aan *alle geloof* vijandig,
terwijl der Joden murmureering alleen het geloof wil uit-
roeien *aan het Kruis.* En dit maakt, dat juist de Joodsch-
liberalistische pers, zoo hier te lande als elders, in bond
met de moderne predikanten, tegen niets zoo fel gekant
is, als juist tegen de cordate belijders van den Christus.

Moens, Godefroy, de Meijier, en wie er meer onder de
Kamerleden bij voorkomende gelegenheden als leekenpredi-
kers van het modernisme optreden, zijn volstrekt geen on-
godsdienstige menschen. Eer integendeel zouden ze, kwam
het er op aan, voor het algemeene Godsgeloof tegen Kappeyne's spotternijen in de bres springen. Maar, geldt het

de quaestie, niet om dat algemeen *Theïsme,* maar om de belijdenis van *den Christus als den Gezalfde Gods* tegen te staan, dan komt èn in Moens èn in Godefroy èn in de Meijier het fanatisme van het Joodsche hart boven en kent hun zelotisme vooral tegen de Antirevolutionairen maat noch grens.

Als eenmaal het Christendom er onder is, zal de Jood wel weêr voor het geloof in God tegen het radicalisme strijden. Maar voorshands hangt de weegschaal naar den negatieven kant over.

In dat opzicht was zelfs de positie van den weêrgaloos hard behandelden Lion, als redacteur van *het Dagblad,* hoe schijnbaar onwaar ook, toch in den grond niet onoprecht.

Er is een station op den Liberalistischen weg, waarbij de Jood halt en rechtsomkeert maakt.

En van dat station heeft deze vaardige schrijver, zij het ook met niet altijd even heilige inspiratie, niet zoo geheel valschelijk geprofeteerd.

3. *Er bestaat geen de minste aanleiding, om aan de Joden iets van de rechten te ontnemen, waarvan hun op dit oogenblik het bezit gewaarborgd is.*

Dat we ook deze quaestie ter sprake brengen, is natuurlijk.

Froude en vooral Goldwin Smith wilden onder de Engelsche liberalen dien weg wel op, en wat vooral opmerkelijk is: vóór uitsluiting van de Joden van alle openbare ambten is ook de man, die onder alle mannen thans het meest in Europa te zeggen heeft, de Duitsche Rijkskanselier Vorst von Bismarck.

Immers, nog voor kort citeerde de antirevolutionaire *Deutsche Reichspost* deze, deels niet onschoone, Bismarcksche zinsneê:

„Ich bin kein Feind der Juden. Ich liebe sie sogar unter Umständen. Ich gönne ihnen auch alle Rechte, n u r n i c h t d a s, i n e i n e m c h r i s t l i c h e n S t a a t e e i n o b r i g k e i t l i c h e s A m t z u b e k l e i d e n.... Ich bin der Meinung, dasz der Begriff des christlichen Staates so alt sei, wie das *ci-devant* heilige römische Reich; so alt, wie sämmtliche europäische Staaten; dasz er gerade der Boden sei, auf dem diese Staaten Wurzel geschlagen haben, und dasz jeder Staat, wenn er seine Dauer gesichert sehen, wenn er die Berechtigung zur Existenz nur nachweisen will, sobald sie bestritten wird, auf religiöser Grundlage sich befinden musz. Für mich sind die Worte „von Gottes Gnaden" kein leerer Schall, sondern ich sehe darin das Bekenntnisz, dasz die Fürsten das Scepter, was ihnen Gott verliehen hat, nach Gottes Willen führen wollen. Als Gottes Willen kann ich aber nur erkennen, was in den christlichen Evangelien geoffenbart ist und ich glaube in meinem Rechte zu sein, wenn ich einen solchen Staat einen christlichen Staat nenne, welcher sich die Aufgabe gestellt hatt, die Lehre des Christenthums zu realisiren, zu verwirklichen ... Wenn auch die Lösung nicht immer gelingt, so glaube ich doch, die Rialisirung der christlichen Lehre sei die Aufgabe des Staates; dasz wir aber mit Hilfe der Juden diesem Zwecke näher kommen sollten als bisher, kann ich nicht glauben. Erkennt man die religiöse Gründlage des Staates überhaupt an, so, glaube ich, kann diese Grundlage bei uns nur das Christenthum sein." [1]).

Mag zonder overdrijving gezegd, dat reeds hiermeê de quaestie aan de orde was, ze werd het nog meer door deze twee bijkomstige omstandigheden.

Vooreerst door de bewering van onze liberalisten, waarop de practijk hunner lasthebbers het zegel drukt, dat noch ultramontanen, noch antirevolutionairen voor zekere landsbetrekkingen benoembaar zijn.

---

[1]) Ik ben geen vijand der Joden. Ik heb hen zelfs in vele gevallen lief. Ook gun ik hun alle rechten, *slechts niet om in een Christelijken Staat een overheidsambt te bekleeden.* Naar mijn meening, is het begrip van Christelijken Staat zou oud als het voormalige Heilige Roomsche Rijk, zoo oud als de gezamenlijke, Europeesche Staten; dat is juist de grond waarin deze Staten wortel hebben geschoten, en elke Staat moet, wil hij zijn voortbestaan verzekerd zien. of zijn recht van bestaan, waar dat bestreden wordt, bewijzen, op godsdienstigen grondslag staan. Voor mij zijn de woorden „bij Gods genade" geen holle klank, maar ik zie daarin de erkenning dat de vorsten den scepter, hun door God toevertrouwd, naar Gods wil zwaaien willen. Als den wil van God kan ik echter alleen datgeen erkennen wat in de Christelijke Evangelien is geopenbaard, en ik geloof in mijn recht te zijn, zoo ik onder een Christelijken Staat zulk een versta, die zich ten taak heeft gesteld, de leer des Christendoms in praktijk te brengen, tot werkelijkheid te maken. Slaagt men er ook niet altijd in, zoover te komen, toch geloof ik dat *het in praktijk brengen der Christelijke leer* de taak des Staats is; *maar dat wij met de hulp der Joden nader tot dit doel zullen komen dan wij nu zijn, kan ik niet gelooven.* Erkent men in 't algemeen den godsdienstigen grondslag van den Staat, dan kan die grondslag bij ons het Christendom alleen zijn.

En *ten tweede* door den strijd, dien het Caucasische element in Australië en Californië tegen de Chineezen voert.

Bij dien strijd toch (waarover we nu niet kunnen uitwijden en waarover in de *Revue des deux Mondes* van 1 September informatie is te vinden) komt telkens klaarder uit, dat de vraag of een natie een andere natie, die zich niet met haar vereenzelvigt, op voet van gelijkheid in haar midden dulden kan, eenvoudig een vraagstuk is *van het cijfer*, en dat zoodra er *voor over het hoofd groeien* vrees komt, van geen strijd om het *recht*, maar alleen van een strijd om de *levens-existentie* sprake is.

Te meer nu het *Handelsblad* op eene haar redactie zoo weinig eerende wijze, nog eer ze wist wat we wilden, tegen ons uitvoer, als wilden we de Joden aan hun burgerrechten komen, stellen we er daarom prijs op te verklaren, dat elke poging om . den Joden eens gegeven rechten te ontnemen, af zou stuiten op onzen onverwinlijken tegenstand; dat, al hadden de Joden deze rechten nog niet, wij er voor zouden zijn, hun die te verleenen; en dat we, om kort te gaan elke bestrijding van den Jood afkeuren, waarbij de wapenen over en weêr, op rechtsterrein, ongelijk zouden zijn.

Aan deze verklaring, waarvan we overneming in letterlijke bewoordingen door alle bladen verzoeken, die onze bedoeling volkomen valsch aan hun lezers hebben voorgesteld, haasten we ons intusschen toe te voegen : *a.* dat hiermeê volstrekt het onloochenbare feit niet wegvalt, dat de Joden wel met ons van eenzelfde rijk, maar niet van eenzelfde natie zijn, en wel ter dege als gasten in ons midden verkeeren; alsmede *b.* dat men zich zeer vergissen zou, indien men den invloed van de Joden ten onzent voor zoo onschuldig hield en voor hun reactie tegen het Christendom de oogen dicht deed.

En 4. *dat de eenige verhouding, die den Christen tegenover de Joden voegt, is, een wedijver met Israël in zedelijken ernst, een bestrijding door geestelijke meerderheid en een missie onder hen van onze liefde, van onze gaven en ons woord.*

We kennen het Joodsche leven te zeer van nabij, om niet te weten, hoe ook in hun familiën de zedelijke ernst achteruitgaat en verwoesting wordt aangericht door zonde van zinnelijkheid. Maar met dat al wenschen we volstrekt niet blind te zijn voor het groote feit, dat althans de orthodoxe Joden, — en zij zijn verreweg de meesten in aantal, — zich dusver vrij hielden van de drankzonde, en door een teeder aantrekken van de banden van het huislijk leven, een *milieu* aan hun jonger geslacht verzekeren, dat nog weêrstand kan bieden aan veel kwaad.

Hierin ligt een zedelijk element, dat, ook uit een oogpunt van volkswelvaart, erkenning en waardeering verdient, en, — waarom het niet uitgesproken? — wel een Christenheid tot jaloerschheid mocht verwekken, die, met zooveel heerlijker geestelijk kapitaal, zooveel minder resultaat wint.

We spraken daarom in de tweede plaats uit, dat alleen *een bestrijding door geestelijke meerderheid* ons tegenover de Joden voegt.

Wat nog niet lang geleden voorkwam, dat een modern predikant in den Amsterdamschen Kerkeraad Dr. van Ronkel het woord „smous" nariep, is slechts de te krasse uiting van een gezindheid, die tegenover de Joden nog tamelijk algemeen heerscht, en die we ten sterkste afkeuren en bestrijden.

We zijn volstrekt niet sentimenteel en wenschen allerminst te vergeten, dat er op de Joden een heilige bloedschuld rust, en dat de schrikkelijke tafereelen van Gabbatha en Golgotha nog nawerken.

Maar juist daarom wenschen wij niet in den geest der Joden, maar in den geest van onzen Heer en Heiland te handelen, die, als Hij gescholden werd, *niet* wederschold, maar voor zijn vervolgers *bad*.

Hem, Hem, den Christus, onteert al wie den Jood met bitterheid aangrijpt, en het is in zijn naam dat we tegen elke Jodenvergnizing met nadruk protesteeren.

Bestrijden willen wij hen, maar, voor een eerlijk kampgericht, bestrijden naar den geest.

En voorts willen we onze *missie* onder hen volbrengen een missie die volstrekt zich niet bepalen mag tot den arbeid onzer *missionairen*, maar een *missie* moet zijn waar elk Christen aan deelneemt.

Die missie moet daarin bestaan, dat we de aanraking met Joden niet mijden maar zoeken, en in die aanraking steeds den moed hebben, om door onzen wandel en door ons woord beiden te getuigen van onzen Heer.

Thans — och, waarom het verheeld? — reikt onze houding zoo vaak aan den Jood een vrijbrief uit, om zijne consciëntie aan den Christus Gods te ontrekken.

Hij heeft ons hard, hij heeft ons onmenschelijk, hij heeft ons „kinderen der wereld" bevonden.

Wie weet, hoe heel anders de Jood thans reeds tegenover den Christus staan zou, indien hij in de Christenheid meer van *dien Christus* had bespeurd!

POSTSCRIPTUM.

Gelijk te begrijpen viel, heeft vooral het *Dagblad van Zuid-Holland en 's Gravenhage* zich onze opmerking over den Joodschen oorsprong van onze invloedrijke dagbladpers aangetrokken.

Het was dan ook voor *dit* blad vooral een heet hangijzer.

Verbeeld u: een oorgaan, dat jaren lang aan het hoofd der *Christelijk*-conservatieve coalitie stond, nu tentoongesteld als meê afkomstig van de Joodsch-liberalistische, altijd min of meer aan het Christendom *vijandige*, persfamilie!

Gretig drukte het dan ook in zijn kolommen eerst een stukske over, dat uit de pen van een Joodsch polemist naar de pers van het *Handelsblad* was gekomen; en schreef later zelf een zeer bezadigd hoofdartikel, nog al met interliniën, om de ongegrondheid van ons beweren aan te toonen.

Over dat scherpe entrefilet uit het *Handelsblad* is reeds recht gedaan; en wat nu dat hoofdartikel betreft, daartegen zal het voldoende zijn te constateeren:

1. dat de drie groote, invloedrijke bladen, waardoor hier te lande (de Roomschen uitgezonderd) de dagbladpers werd wat ze is, tot hun tegenwoordigen bloei en beteekenis zijn gebracht door drie Joodsche hoofdredacteurs, t. w. het *Handelsblad* door den heer Keyzer, de *N. Rott. Cour.* door den heer Mr. Tels, en het *Dagblad* door den heer Is. Lion.

Tels, Keyzer en Lion, dat was het Driemanschap!

2. Dat het invloedrijke correspondentiebureau van 's Gravenhage geheel in Joodsche handen is;

3. dat de verslagen der Tweede Kamer bijna uitsluitend door Joodsche journalisten bewerkt worden; en

4. dat het hier te lande werkende telegraphisch bureau insgelijks door Joden wordt bediend.

Hierin ligt voor de Joden eer een *tableau d'honneur* dan een schande. Althans wij verklaren, niet in te zien, wat uit dit feit anders ten hunnen opzichte ware af te leiden, dan een eervol getuigenis voor de gevatheid en energie van het Joodsche talent; — mits *men het feit als zoodanig maar staan late.*

Immers, tegenover het allesbeheerschend gewicht van dit viervoudig feit doet het niets ter wereld af, of er in de provinciën een tal van kleine blaadjes, als de *N. Zutfensche* en de *N. Arnhemsche*, onder *niet*-Joodsche leiding staan. Of zal men niet meer zeggen mogen, dat onze rivieren van de bergen afkomen, omdat er een Dommel-Aa bij Den Bosch en een Oude-Diepje in Groningen loopen, zonder ooit bergen te hebben gezien?

Doet het evenmin iets af, hoeveel procent Joodsche elementen er nu nog op deze redactiebureaux overbleven. Of leeft Nieuwenhuijzen in *het Nut* niet meer voort, omdat de Hervormde afvalligen er allengs de Mennonieten schier uit verdrongen hebben?

En doet het ten slotte al even weinig af, of er thans in *Vaderland* en *Nieuws van den Dag* bladen van andere origine opkwamen. Of was het dan niet juist de strekking van heel ons betoog, om aan te toonen dat er in ons land *tweeërlei* soort van Joden zijn: de Joden van den *bloede* en de Joden naar den *geest*?